はじめてよむ
こわ〜い話

おばけのドロロン

作　丘　修三
絵　鈴木アツコ

岩崎書店

よなかに　おしっこが　したくなって、
めが　さめた。
ねるまえに　スイカを　たべたせいだ。
おねしょを　もらさなくて　よかった。
トイレから　もどって、あかりを　けして、
もう一ど　ベッドに　もぐりこもうと　した
とき　へんな　おとが　きこえてきた。

みみを　すますと、しくしくしくしく……
だれかが　ないている！
ぼくは　ギョッとして、でんきを　つけた。
へやには、だれも　いなかった。
でも、たしかに　きこえる。
ドアの　ほうからだ。

ドアの　そとに　だれか　いる！
こわくて、むねが　バクバク　なって、
からだが　ふるえた。
おねえちゃんかな？
うちで　こっそり　なくのは、おねえちゃん
くらいしか　おもいつかない。
ほんとに　おねえちゃん？

ぼくは　とびだしそうな　しんぞうを
おさえながら、おもいきって　ドアを
あけた。
だれも　いない。
となりの　おねえちゃんの　へやを、
そうっと　のぞいてみると、おねえちゃんは
くちを　ポカンと　あけて、
ねむりこけていた。

それじゃ、あの　こえは　だれだ？

ぼくは　こわくなって、したへ
おりていって、おかあさんを　おこした。

「どうしたの？」

「へんな　こえが　きこえる」

「どこで？」

「わかんないけど、きこえるんだよ」

「なにいってるの。ゆめでも　みたんでしょ」

「ゆめじゃ　ないってば。ほんとに
きこえるんだから。きて」
ぼくは　おかあさんの　てを　ひっぱって、
むりやり　二かいへ　つれていった。
ところが、へやは　シーンと　しずかだ。
「なによ、なにも　きこえないじゃないの。
おばけでも　いると　いうの？」
おかあさんは　カーテンの　うしろとか

ベッドの　かげとか　みた。

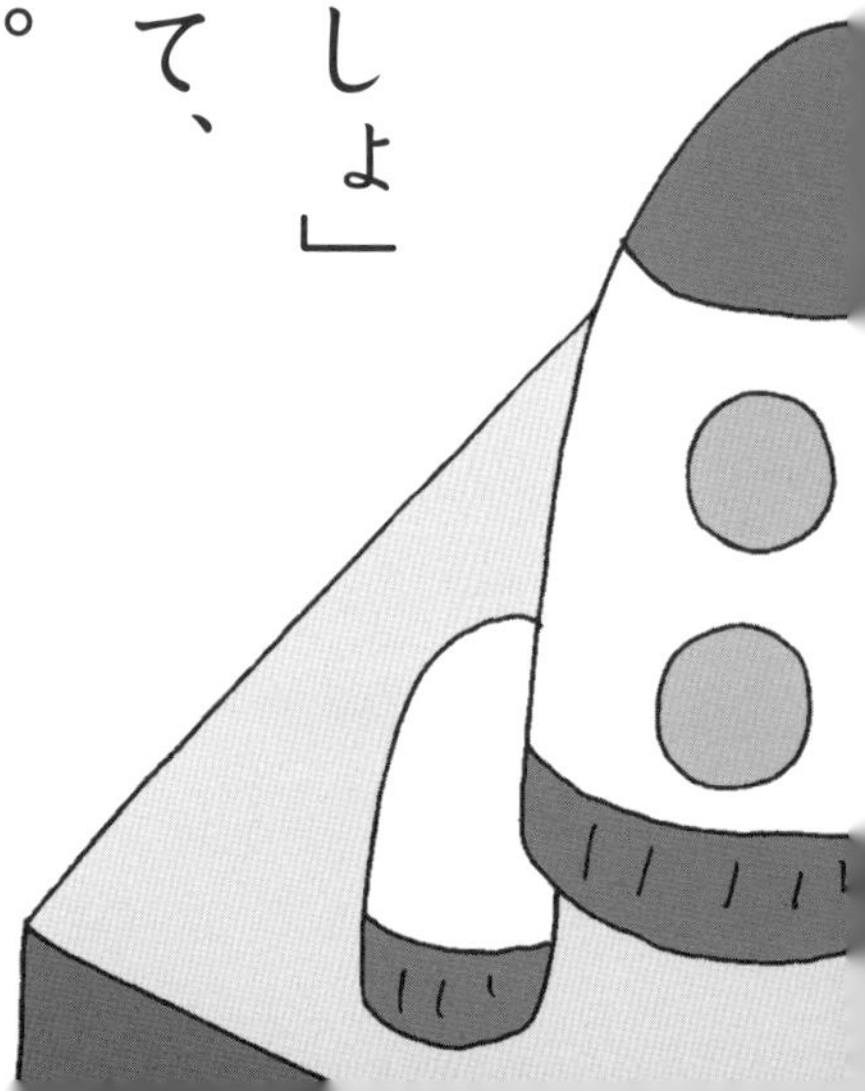

「おばけなんて　いるわけないでしょ」

ねていた　ところを　おこされて、

おかあさんは　きげんが　わるい。

「ほんとに、ひとさわがせなんだから」

おかあさんは、ぼくのおでこを　ツンと
つついた。
「さ、ねた、ねた。まだ、よなかよ。ひと
ねむりしないと、あした　バテるわよ」
なあんだ、ぼくの　きの　せいか……。
ぼくは　ホッとして　ベッドに　ひっくり
かえると、すぐに　ねむってしまった。

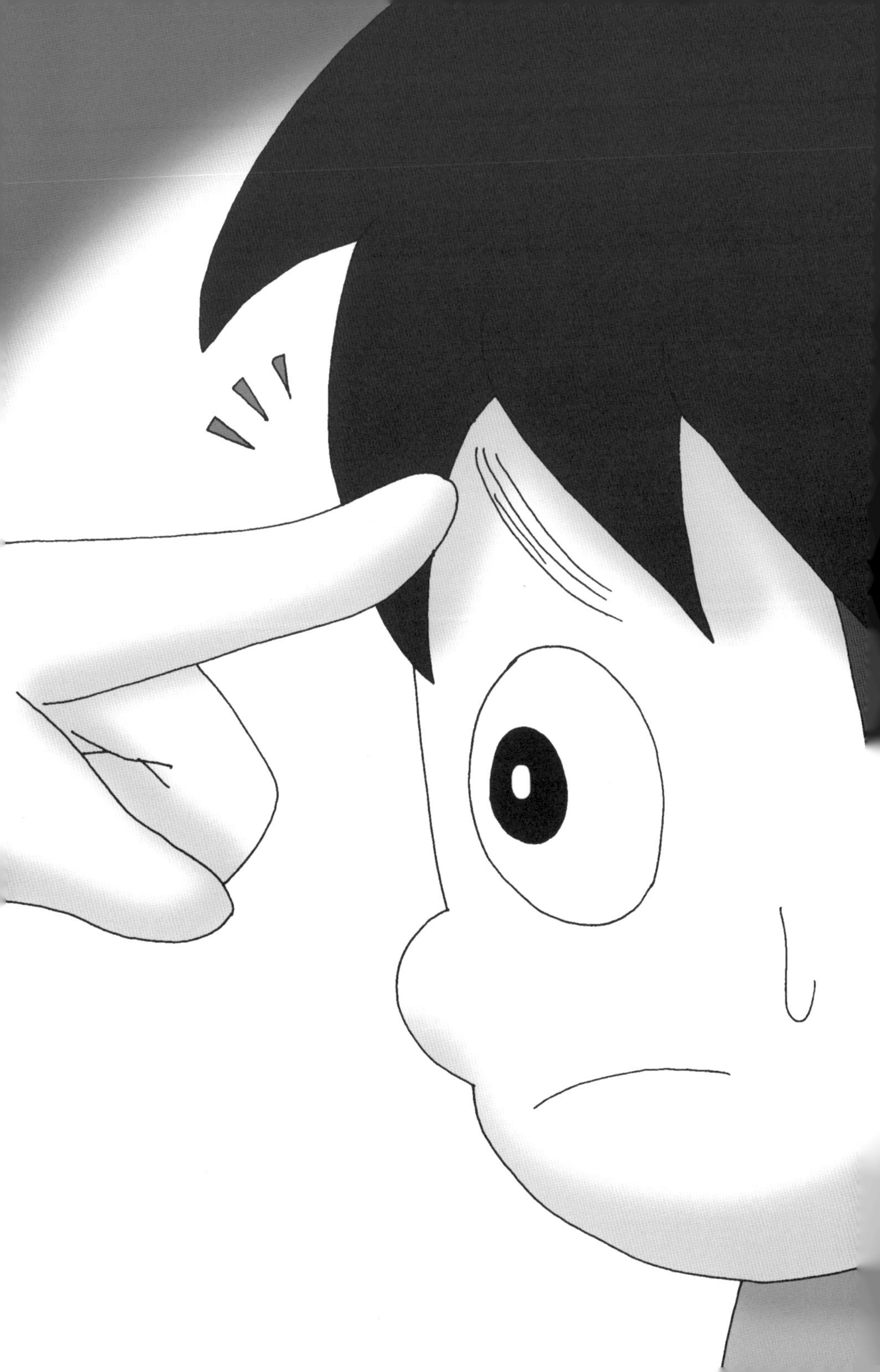

つぎの　ひの　よる、おかあさんに、
「いつまで、テレビ　みてるの！　さっさと
しゅくだい　おわらせて、はやく
やすみなさい！」
と、しかられて、二かいへ　いった。
へやへ　はいったとたん、ゆうべの
なきごえを　おもいだした。
　でも、へやを　みわたしても　だれも

いない。
いるはずがない。

あれは　ぼくの　きの　せいだったんだ。
つくえに　むかって、しゅくだいを
はじめたら、すぐ　ねむたくなった。
マンガの　ほんだと、ちっとも
ねむたく　ならないのに、きょうかしょだと、
どうして　すぐに　ねむたく　なるんだろう。
「もう、ねようっと」
ぼくは　ベッドに　たおれこんだ。

ところが、よなかに　また、めが　さめた。
あの　なきごえが　きこえてきたんだ。
ドアの　ほうから！
ぼくは、また、ゆめを　みているのか？
ホッペを　つねったら、いたかった。
これは　ゆめなんかじゃない！
とたんに、しんぞうが
バクバクしだした。

ぼくは　ふるえる　てで、あかりを
つけた。
それから、ゆうきを　だして、ドアの
ノブに　てを　かけた。
しんぞうが、とびだしそうだ。
「エイッ！」
と、きあいを　いれて、ぼくは
ドアを　あけた。

だれも　いない！
それなのに、　こえが　きこえた。

「アカリヲ　ケシテ」

ほそい　たよりない　こえだった。

「だ、だれだ？　ど、どこに　いるんだ？」

こえが　ふるえた。

「キミノ　ヘヤガ　アカルイト、ボクノ
スガタハ　ミエナインダヨ」

「お、おまえ　おばけだろ、
こわくない？」

「サア？　ボク　コワイカナ？」
「あかり　け、けすけど　おどかすなよ」
「ウン。ボク　アカリガ　マブシクテ
キミニ　セナカヲ　ムケテ　マルクナッテル」
「わ、わかった。じゃあ　けすぞ」
あかりを　けした。すると、へやの
すみに　ぼうっと　ひかる
ふうせんみたいな　ものが　あらわれた。

それが　ゆっくり　むきを　かえた。

「ギャーッ！」

さけびごえを　あげたのは　おばけの
ほうだった。

「オ、オバケ！」

「ぼ、ぼくは　おばけじゃない。にんげんだ」

「ニンゲン？　ボク　ハジメテ　ミタ」

といって、そいつは　ふるえている。

ぼくも　ブルブルだ。
みたことも　ない　へんなのが　めの
まえに　あらわれたんだもの。
「こ、こ、こわがらなくても　いいよ。
ぼ、ぼくは　こ、こわくないから」

「デ　デモ、カラダニ　ヘ、ヘンナモノ
　ツイテル」
「こ、これは　て。こ、こっちは　あし」
そいつは、ニンジンみたいな　かたちの
おおきな　ふうせんに、めや　はなを
くっつけたみたいだった。
　あかりが　なくても　そいつの　まわりは
ぼうっと　あかるかった。

「コ　コワイヨー」

「こ、こっちが　こわいよ。お、おまえど、どうして　ないていたんだ？」

「ダ、ダッテ、オバケノ　クニニ　カ、カエリタインダモン」

「お、おばけの　くにから　きたの？」

「ウン。マイゴニ　ナッチャッタ。オウチへ　カエリタイヨー」

おばけの　こは　また　なきだした。
「わかった　わかった。もう　なくなってば」
はなしているうちに　こわいより
かわいそうに　なった。
「なんとか　おばけの　せかいへ
かえれるように　してあげるから
もう　なくな」
そういって　なぐさめたものの、

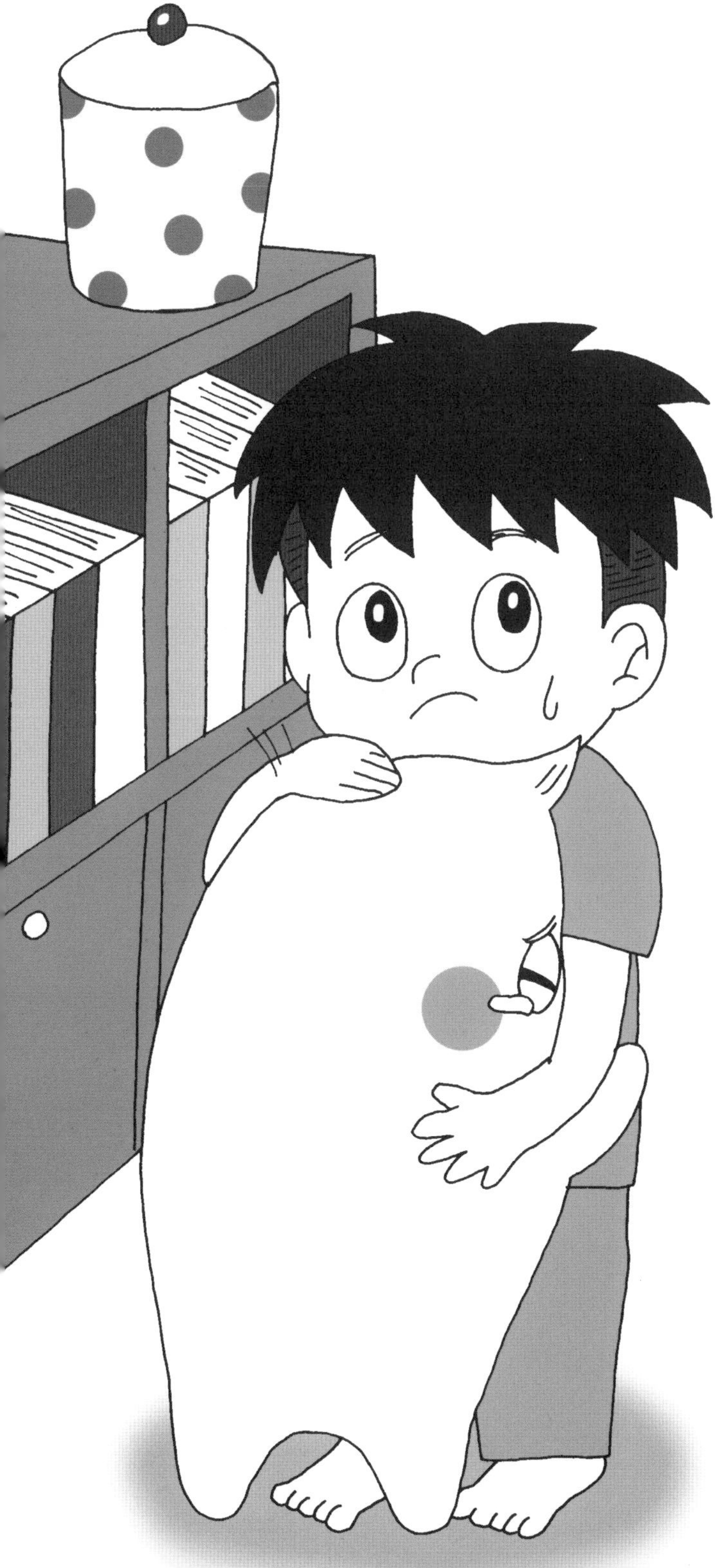

どうしたら　いいのか、　さっぱり
わからなかった。

つぎの　あさ、ねむい　めを　こすって、
やっと　おきた。おばけの　こは　へやの
すみの　くらい　ところに　いた。
「よく、ねむれた？」
「ヨルハ　オキテルンダ。イマカラ　ネル」
「そうなんだ。じゃあ、おやすみ」
「オヤスミ。キミハ　ネナイノ？」

「これから　がっこうだよ。おまえ　いいな
べんきょうしなくて　いいんだろ？」

「ベンキョウ　スルヨ。ガッコウモ　イクヨ」

「そうか。おばけの　せかいも　おんなじか。

ところでさ　なまえ　なんていうの？」

「ドロロン」

「おれ　コウタ。

よろしく」

そのとき、したから、おかあさんの　こえ。
「コウタ、じかんよ。はやく　しないと
おくれるわよ！」
もっと　ドロロンと　はなし
していたかったけれど、ドロロンも
ねむたそうだし、
「じゃあ、がっこう　いってくるね」
と　いって、ぼくは　したへ　おりた。

そのひは　一にちじゅう、ドロロンの
ことばかり　かんがえていた。
ひるまは　ねむっている　というから
どこかへ　いってしまうことは　ないだろう。
がっこうが　おわると、ぼくは　うちへ
とんで　かえった。
「ただいま！」
ぼくは　二かいへ　ちょっこうする。

ドロロンは　ベッドの　したで　ねていた。

「おい、ドロロン、おきろよ」

「ムニャ　ムニャ。ネムタイヨー」

「いいから、おきろ」

と　ゆすっても、

「マダ、アカルイジャナイカー」

と　いって　おきない。あたりが
くらくなったころ、やっと　おきてきた。

「おまえ、おなか　すいただろう？」
「チットモ」
「えっ、なんにも　たべてないんだろ？」
「ウン。オバケハ　タベナインダ」
ぼくは　ドロロンから　おばけの
せかいの　はなしを　たくさん　きいた。
おばけは　しなない。たべない。
おしっこも　うんちも　しない。でんきも

すいどうも　ない。おかねも　つかわない。

にんげんの　せかいとは　まるで　ちがう。
おもしろいので　テレビも　わすれて
はなしこんでいたら、おかあさんが
二かいに　あがってくる　あしおとが　した。
あわてて　ベッドの　したに　ドロロンを
かくす。
「でんきも　つけないで、なにしてんの？」
「え、えーと、しゅくだい」

「しゅくだい？　こんな　くらい　なかで？」
「う、うん。くらやみで　にんげんの　めは
どれくらい　みえるか　じっけんしてんの」
「ふーん。へんな　じっけんね。あんた、
こわがりやの　くせに　こわくないの？」
「こわいけど、べんきょうの　ためだから」
べんきょうと　いうと、おかあさんは
にっこりして　おりていった。

ドロロンと　おにごっこを　してあそんだ。
ドロロンは、クラゲみたいに
くうちゅうを　ゆらゆら　うごきまわる。
スイと　すばやく　うごくことも　でき、
なかなか　つかまらない。

おそくまで　ドタンバタン　やってたら、
したから　おかあさんが　さけんだ。
「うるさいわね、コウタ。なに　やってるの。
もう　ねなさい！　おそくまで　おきてると
ほんとに　おばけが　でるわよ」
おばけなら　めの　まえに　いるよ。
よるが　ふけるに　つれて、ドロロンは
ますます　げんきで、めは　パッチリ。

ぼくの　ほうは、だんだん　まぶたが
おもくなる。

「モット、アソボウヨ」

ぼくは　ムシして　ねたふりを　する。

「ネェ、モット　アソボウヨー」

へんじを　しないでいたら、シクシク
なきはじめた。

「オウチ　カエリタイヨー、シクシク」

しらんぷり　していると、ぼくの　かおや
からだに　プワンプワンと　のっかって、
ぼくを　ねむらせないように　する。
「かえりたい　かえりたいって
うるさいなぁ。どうやって　ここへ
きたんだよ？」
「ワカンナイヨー。デモ、カエリタイヨー」
「なくなってば。おまえ、おばけなんだろ」

「オバケダッテ、カナシイト　ナクンダヨー」
「どうやって　きたのか、おもいだしなよ。
ここへ　くるまえ　おばけの　くにで
なにを　してたか、おもいだせ」
「ダカラ　オボエテイナインダヨ」
「おもいだせ。きっと、なにか　やったから
ここへ　きたんだから」

ドロロンは　へやの　なかを　あっちへ
フワフワ　こっちへ　フワフワ
いどうしながら　かんがえていたが、
とつぜん、
「ギャーア!」
と、ひめいを　あげた。
「ア、アレ、カ、カ、カイジュウ!」
かおを　ひきつらせて　かたまっている。

ぼくは　ドロロンの　めの　さきを　みた。

「ギャアアー！」

こんどは　ぼくが　ひめいを　あげた。

ゴキブリだ！　それも　でっかいやつ！

「カ、カイジュウ、カイジュウ！　コワイ！」

「だ、だいじょうぶ。あ、あれは　かいじゅうじゃない。ゴキブリと　いう　むしだ」

ゴキブリは　カサカサと　おとを　たてて
こちらへ　むかってきた。
ぼくたちは　ひめいを　あげて　おもわず
だきあった。
フニャフニャの　ドロロンの　からだが、
ブルブル　ふるえている。
ゴキブリは　スルスルと　ドロロンの
からだの　したに　もぐりこんだ。

「ギャーッ！」

ぼくを　くっつけたまま、ドロロンは

ロケットみたいに　とびあがった。

ドスン！

ぼくたちは　てんじょうに　あたまを

ぶつけて　とまった。

「いてっ！」と、ぼく。

「アッ！」

と、いったのは、ドロロンだった。

フワフワと　したに　おちていきながら、
ドロロンが　いった。
「オモイダシタ！」
「な、なにを　おもいだしたんだ？」
「カクレンボ　シテイタトキ　ケムシガ
ボクノ　メノ　マエニ　ブラサガッテ
キタンダ」

ぼくたちは　ふわりと　ゆかに
ちゃくちした。
「ビックリシテ　トビアガッタトキ
テンジョウニ　アタマヲ　ブツケタンダ」
といったかと　おもうと、ドロロンの
からだが　ぼくの　うでの　なかで
しだいに　きえていく。
「おい、ドロロン、どうしたんだ？」

「ブッケタ　ヒョウシニ……キガ　ツイタラ
コノ　ヘヤニ　キテイタンダ……サヨナラ
コウタ」
ドロロンの　すがたが　とうとう
みえなくなった。
「ドロロン、ドロロン、おい！」
ぼくは　きえてしまった　ドロロンに
むかって　さけんだ。

そのとき、へやの　ドアが　あいた。

「こんな　よなかに　なに、さわいでるの？

おかしな　じっけんなんか　やめて
はやく　ねなさい。おばけが　でるわよ」

「おばけなら　いま、かえっちゃったよ」

「ん？」

おかあさんは　ぼくの　おでこに　てを
あてて

「ねつが　あるの？」
と　いった。

作 **丘 修三**（おか　しゅうぞう）

熊本県出身。特別支援学校教師を経て作家となる。作品に『ぼくのお姉さん』『少年の日々』（偕成社）『口で歩く』『けやきの森の物語』（小峰書店）『福の神になった少年』（佼成出版）『あんちゃんが行く』『紅鯉』（岩崎書店）など。絵本に『ようちえんのいちにち』（佼成出版）などがある。日本児童文学者協会会員。

絵 **鈴木アツコ**（すずき　あつこ）

美術系専門学校を卒業後、創作を始める。イラストに限らずおはなしも書くなどして、幼児系出版物を中心に幅広く活躍中。作品に『なかまことばえじてん』（学研）『1年生の漢字80』（講談社）『こどものひは　おおさわぎ！』（教育画劇）などがある。

編集　国松俊英（くにまつ　としひで）

児童文学作家。滋賀県生まれ。同志社大学商学部卒業。著書に、「伊能忠敬」「新島八重」（いずれもフォア文庫）「鳥のくちばし図鑑」（岩崎書店）などがある。

はじめてよむこわ〜い話10
おばけのドロロン

2015年 3 月10日　第1刷発行
2022年10月15日　第5刷発行

著者　丘 修三
画家　鈴木アツコ
装丁　山田 武
発行者　小松崎敬子
発行所　株式会社 岩崎書店
〒112-0005東京都文京区水道1-9-2
TEL 03-3812-9131（営業）　03-3813-5526（編集）
00170-5-96822（振替）
印刷所　三美印刷株式会社
製本所　株式会社若林製本工場

NDC913　ISBN978-4-265-04790-1

Published by IWASAKI publishing Co.,Ltd. Printed in Japan
ご意見、ご感想をお寄せ下さい。　e-mail info@iwasakishoten.co.jp
岩崎書店HP: https://www.iwasakishoten.co.jp

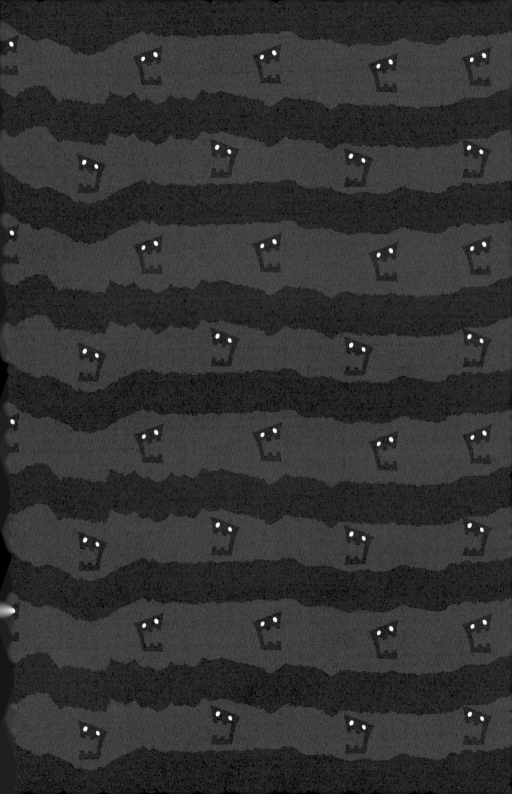